Niccolò Machiavelli

Mandragola

In copertina:
Fructus Mandragorae, miniatura tratta dal *Tacuinum sanitatis* di Vienna

MANDRAGOLA
COMEDIA
FACETISSIMA
DI M. NICOLO'
MACHIAVELLI
Fiorentino.

Nuouamente corretta, &
Ristampata.

IN FIORENZA
MDLVI.

PERSONAGGI

CALLIMACO
SIRO
MESSER NICIA
LIGURIO
SOSTRATA
FRATE TIMOTEO
UNA DONNA
LUCREZIA

Canzone

da dirsi innanzi alla commedia, cantata da ninfe e pastori insieme

Perché la vita è brieve
e molte son le pene
che vivendo e stentando ognun sostiene;
dietro alle nostre voglie,
andiam passando e consumando gli anni,
ché chi il piacer si toglie
per viver con angosce e con affanni,
non conosce gli inganni
del mondo; o da quai mali
e da che strani casi
oppressi quasi sian tutti i mortali.
Per fuggir questa noia,
eletta solitaria vita abbiamo,
e sempre in festa e in gioia
giovin leggiadri e liete Ninfe stiamo.
Or qui venuti siamo
con la nostra armonia,
sol`per onorar questa
sí lieta festa e dolce compagnia.
Ancor ci ha qui condutti
il nome di colui che vi governa,
in cui si veggon tutti
i beni accolti in la sembianza eterna
Per tal grazia superna,
per sí felice stato,
potete lieti stare,
godere e ringraziare chi ve lo ha dato.

PROLOGO

Iddio vi salvi, benigni uditori,
quando e' par che dependa
questa benignità da lo esser grato.
Se voi seguite di non far romori,
noi vogliàn che s'intenda
un nuovo caso in questa terra nato.
Vedete l'apparato,
qual or vi si dimostra:
quest'è Firenze vostra,
un'altra volta sarà Roma o Pisa,
cosa da smascellarsi delle risa.
Quello uscio, che mi è qui in sulla man ritta,
la casa è d'un dottore,
che 'mparò in sul Buezio legge assai;
quella via, che è colà in quel canto fitta,
è la via dello Amore,
dove chi casca non si rizza mai;
conoscer poi potrai
a l'abito d'un frate
qual priore o abate
abita el tempio che all'incontro è posto,
se di qui non ti parti troppo tosto.
Un giovane, Callimaco Guadagni,
venuto or da Parigi,
abita là, in quella sinistra porta.
Costui, fra tutti gli altri buon compagno,
a' segni ed a' vestigi
l'onor di gentilezza e pregio porta.
Una giovane accorta
fu da lui molto amata,
e per questo ingannata
fu, come intenderete, ed io vorrei

che voi fussi ingannate come lei.
La favola Mandragola si chiama:
la cagion voi vedrete
nel recitarla, come io m'indovino.
Non è el componitor di molta fama;
pur, se vo' non ridete,
egli è contento di pagarvi il vino.
Uno amante meschino,
un dottor poco astuto,
un frate mal vissuto,
un parassito, di malizia el cucco,
fien questo giorno el vostro badalucco.
E, se questa materia non è degna,
per esser pur leggieri,
d'un uom, che voglia parer saggio e grave,
scusatelo con questo, che s'ingegna
con questi van pensieri
fare el suo tristo tempo più suave,
perch'altrove non have
dove voltare el viso,
ché gli è stato interciso
mostrar con altre imprese altra virtue,
non sendo premio alle fatiche sue.
El premio che si spera è che ciascuno
si sta da canto e ghigna,
dicendo mal di ciò che vede o sente.
Di qui depende, sanza dubbio alcuno,
che per tutto traligna
da l'antica virtú el secol presente,
imperò che la gente,
vedendo ch'ognun biasma,
non s'affatica e spasma,
per far con mille suoi disagi un'opra,
che 'l vento guasti o la nebbia ricuopra.
Pur, se credessi alcun, dicendo male,
tenerlo pe' capegli,
e sbigottirlo o ritirarlo in parte,

io l'ammonisco, e dico a questo tale
che sa dir male anch'egli,
e come questa fu la sua prim'arte,
e come, in ogni parte
del mondo ove el sí sona,
non istima persona
ancor che facci el sergieri a colui,
che può portar miglior mantel che lui.
Ma lasciàn pur dir male a chiunque vuole.
Torniamo al caso nostro
acciò che non trapassi troppo l'ora.
Far conto non si de' delle parole,
né stimar qualche mostro,
che non sa forse s' e' si è vivo ancora.
Callimaco esce fuora
e Siro con seco ha,
suo famiglio, e dirà
l'ordin di tutto. Stia ciascuno attento,
né per ora aspettate altro argumento.

ATTO PRIMO

SCENA PRIMA

Callimaco, Siro.

CALLIMACO: Siro, non ti partire, i' ti voglio un poco.
SIRO: Eccomi.
CALLIMACO: Io credo che tu ti maravigliassi assai della mia subita partita da Parigi; ed ora ti maravigli, sendo io stato qui già un mese sanza fare alcuna cosa.
SIRO: Voi dite el vero.
CALLIMACO: Se io non ti ho detto infino a qui quello che io ti dirò, non è stato per non mi fidare di te, ma per iudicare, che le cose che l'uomo vuole non si sappino, sia bene non le dire, se non forzato. Pertanto, pensando io di potere avere bisogno della opera tua, ti voglio dire el tutto.
SIRO: Io vi sono servitore: e servi non debbono mai domandare e padroni d'alcuna cosa, né cercare alcuno loro fatto, ma quando per loro medesimi le dicano, debbono servirgli con fede; e cosí ho fatto e sono per fare io.
CALLIMACO: Già lo so. Io credo che tu mi abbi sentito dire mille volte, ma e' non importa che tu lo intenda mille una, come io avevo dieci anni quando da e mia tutori, sendo mio padre e mia madre morti, io fui mandato a Parigi, dove io sono stato venti anni. E perché in capo di dieci cominciorono, per la passata del re Carlo, le guerre in Italia, le quali ruinorono quella provincia, deliberai di vivermi a Parigi e non mi ripatriare mai, giudicando potere in quel luogo vivere piú sicuro che qui.
SIRO: Egli è cosí.
CALLIMACO: E commesso di qua che fussino venduti tutti e mia beni, fuora che la casa, mi ridussi a vivere quivi, dove sono stato dieci altr'anni con una felicità grandissima...
SIRO: Io lo so.
CALLIMACO: ...avendo compartito el tempo parte alli studii, parte a' piaceri, e parte alle faccende. Ed in modo mi travagliavo in ciascuna di queste cose, che l'una non mi

impediva la via dell'altra. E per questo, come tu sai, vivevo quietissimamente, giovando a ciascuno, ed ingegnandomi di non offendere persona: tal che mi pareva essere grato a' borghesi, a' gentiluomini, al forestiero, al terrazzano, al povero ed al ricco.
SIRO: Egli è la verità.
CALLIMACO: Ma, parendo alla Fortuna che io avessi troppo bel tempo, fece che e' capitò a Parigi uno Cammillo Calfucci.
SIRO: Io comincio a indovinarmi del male vostro.
CALLIMACO: Costui, come gli altri fiorentini, era spesso convitato da me; e, nel ragionare insieme, accadde un giorno che noi venimmo in disputa dove erono piú belle donne, o in Italia o in Francia. E perché io non potevo ragionare delle italiane, sendo sí piccolo quando mi partii, alcuno altro fiorentino, che era presente, prese la parte franzese, e Cammillo la italiana; e, dopo molte ragione assegnate da ogni parte, disse Cammillo, quasi che irato, che, se tutte le donne italiane fussino monstri, che una sua parente era per riavere l'onore loro.
SIRO: Io sono or chiaro di quello che voi volete dire.
CALLIMACO: E nominò madonna Lucrezia, moglie di messer Nicia Calfucci: alla quale dette tante laude e di bellezza e di costumi, che fece restare stupidi qualunche di noi, ed in me destò tanto desiderio di vederla, che io, lasciato ogni altra deliberazione, né pensando piú alle guerre o alle pace d'Italia, mi messi a venire qui: dove arrivato, ho trovato la fama di madonna Lucrezia essere minore assai che la verità, il che occorre rarissime volte, e sommi acceso in tanto desiderio d'esser seco, che io non truovo loco.
SIRO: Se voi me ne avessi parlato a Parigi, io saprei che consigliarvi; ma ora non so io che mi vi dire.
CALLIMACO: Io non ti ho detto questo per voler tua consigli, ma per sfogarmi in parte, e perché tu prepari l'animo ad aiutarmi, dove el bisogno lo ricerchi.
SIRO: A cotesto son io paratissimo; ma che speranza ci avete voi?
CALLIMACO: Ahimè! Nessuna o poche. E dicoti: In prima mi fa la guerra la natura di lei, che è onestissima e al tutto aliena

dalle cose d'amore; avere el marito ricchissimo, e che al tutto si lascia governare da lei, e, se non è giovane, non è al tutto vecchio, come pare; non avere parenti o vicini, con chi ella convenga ad alcuna vegghia o festa o ad alcuno altro piacere, di che si sogliono delettare le giovane Delle persone mecaniche non gliene capita a casa nessuna; non ha fante né famiglio, che non tremi di lei in modo che non ci è luogo ad alcuna corruzione.
SIRO: Che pensate, adunque, di poter fare?
CALLIMACO: E' non è mai alcuna cosa sí desperata, che non vi sia qualche via da poterne sperare; e benché la fussi debole e vana, e la voglia e il desiderio, che l'uomo ha di condurre la cosa, non la fa parere cosí.
SIRO: Infine, e che vi fa sperare?
CALLIMACO: Dua cose: l'una, la semplicità di messer Nicia, che, benché sia dottore, egli è el piú semplice ed e il piú sciocco omo di Firenze; l'altra, la voglia che lui e lei hanno di avere figliuoli, che, sendo stata sei anni a marito e non avendo ancor fatti, ne hanno, sendo ricchissimi, un desiderio che muoiono. Una terza ci è, che la sua madre è suta buona compagna, ma la è ricca, tale che io non so come governarmene
SIRO: Avete voi per questo tentato per ancora cosa alcuna?
CALLIMACO: Sí ho, ma piccola cosa.
SIRO: Come?
CALLIMACO: Tu conosci Ligurio, che viene continuamente a mangiar meco. Costui fu già sensale di matrimoni, dipoi s'è dato a mendicare cene e desinari e perché gli è piacevole uomo, messer Nicia tien con lui una stretta dimestichezza, e Ligurio l'uccella; e benché nol meni a mangiare seco, li presta alle volte danari. Io me lo son fatto amico, e gli ho comunicato el mio amore, lui m'ha promesso d'aiutarmi con le mane e co' piè.
SIRO: Guardate e' non v'inganni: questi pappatori non sogliono avere molta fede.
CALLIMACO: Egli è el vero. Nondimeno, quando una cosa fa per uno, si ha a credere, quando tu gliene communichi, che ti serva con fede. Io gli ho promesso, quando e' riesca, donarli buona somma di danari; quando non riesca, ne spicca un

desinare ed una cena, ché ad ogni modo non mangerei solo.
SIRO: Che ha egli promesso insino a qui, di fare?
CALLIMACO: Ha promesso di persuadere a messer Nicia che vada con la sua donna al bagno in questo maggio.
SIRO: Che è a voi cotesto?
CALLIMACO: Che è a me! Potrebbe quel luogo farla diventare d'un'altra natura, perché in simili lati non si fa se non festeggiare. E io me n'andrei là, e vi condurrei di tutte quelle ragion' piaceri che io potessi, né lascerei indrieto alcuna parte di magnificenzia; fare'mi familiar suo, del marito. Che so io? Di cosa nasce cosa, e il tempo la governa.
SIRO: E' non mi dispiace.
CALLIMACO: Ligurio si partí questa mattina da me, e disse che sarebbe con messer Nicia sopra questa cosa, e me ne risponderebbe.
SIRO: Eccogli di qua insieme.
CALLIMACO: Io mi vo' tirare da parte, per essere a tempo a parlare con Ligurio, quando non si spicca dal dottore. Tu intanto, ne va' in casa alle tue faccende, e, se io vorrò che tu facci cosa alcuna, io tel dirò.
SIRO: Io vo.

SCENA SECONDA

Messer Nicia, Ligurio.

NICIA: Io credo ch'e tua consigli sien buoni, e parla'ne iersera alla donna. Disse che mi risponderebbe oggi; ma, a dirti el vero, io non ci vo di buone gambe.
LIGURIO: Perché?
NICIA: Perché io mi spicco mal volentieri da bomba. Dipoi, ad avere a travasare moglie, fante, masserizie, ella non mi quadra. Oltra di questo, io parlai iersera a parecchi medici. L'uno dice che io vadia a San Filippo, l'altro alla Porretta, e l'altro alla Villa; e' mi parvono parecchi uccellacci; e a dirti el vero, questi dottori di medicina non sanno quello che si pescono.
LIGURIO: E' vi debbe dar briga, quello che voi dicesti prima,

perché voi non sete uso a perdere la Cupola di veduta.
NICIA: Tu erri! Quando io ero piú giovane, io son stato molto randagio. E non si fece mai la fiera a Prato, che io non vi andassi; e non c'è castel veruno all'intorno, dove io non sia stato; e ti vo' dire piú là: io sono stato a Pisa ed a Livorno, oh va'!
LIGURIO: Voi dovete avere veduto la carrucola di Pisa.
NICIA: Tu vuo' dire la Verrucola.
LIGURIO: Ah! sí, la Verrucola. A Livorno, vedesti voi el mare?
NICIA: Bene sai che io il vidi!
LIGURIO: Quanto è egli maggiore che Arno?
NICIA: Che Arno? Egli è per quattro volte, per piú di sei, per piú di sette, mi farai dire: e' non si vede se non acqua, acqua, acqua.
LIGURIO: Io mi maraviglio, adunque, avendo voi pisciato in tante neve, che voi facciate tanta difficultà d'andare ad uno bagno.
NICIA: Tu hai la bocca piena di latte. E' ti pare a te una favola avere a sgominare tutta la casa? Pure, io ho tanta voglia d'avere figliuoli, che io son per fare ogni cosa. Ma parlane un poco tu con questi maestri, vedi dove e' mi consigliassino che io andassi; e io sarò intanto con la donna, e ritroverrenci.
LIGURIO: Voi dite bene.

SCENA TERZA

Ligurio, Callimaco.

LIGURIO: Io non credo che sia nel mondo el più sciocco uomo di costui; e quanto la fortuna lo ha favorito! Lui ricco, lei bella donna, savia, costumata, ed atta a governare un regno. E parmi che rare volte si verifichi quel proverbio ne' matrimoni, che; "Dio fa gli uomini, e' si appaiono"; perché spesso si vede uno uomo ben qualificato sortire una bestia e, per avverso, una prudente donna avere un pazzo. Ma della pazzia di costui se ne cava questo bene, che Callimaco ha che sperare. Ma eccolo. Che vai tu apostando, Callimaco?

CALLIMACO: Io ti aveva veduto col dottore, ed aspettavo che tu ti spiccassi da lui, per intendere quello avevi fatto.
LIGURIO: Egli è uno uomo della qualità che tu sai, di poca prudenzia, di meno animo: e partesi mal volentieri da Firenze. Pure, io ce l'ho riscaldato, e mi ha detto infine che farà ogni cosa. E credo che, quando e' ti piaccia questo partito, che noi ve lo condurreno; ma io non so se noi ci fareno el bisogno nostro.
CALLIMACO: Perché?
LIGURIO: Che so io? Tu sai che a questi bagni va d'ogni qualità gente, e potrebbe venirvi uomo a chi madonna Lucrezia piacessi come a te, che fussi ricco più di te, che avessi piú grazia di te: in modo che si porta pericolo di non durare questa fatica per altri, e che intervenga che la copia de' concorrenti la faccino piú dura, o che dimesticandosi, la si volga ad un altro e non a te.
CALLIMACO: Io conosco che tu di' el vero. Ma come ho a fare? Che partito ho a pigliare? Dove mi ho a volgere? A me bisogna tentare qualche cosa, sia grande, sia periculosa, sia dannosa, sia infame. Meglio è morire che vivere cosí. Se io potessi dormire la notte, se io potessi mangiare, se io potessi conversare, se io potessi pigliare piacere di cosa veruna, io sarei piú paziente ad aspettare el tempo; ma qui non ci è rimedio; e, se io non sono tenuto in speranza da qualche partito, io mi morrò in ogni modo; e, veggendo di avere a morire, non sono per temere cosa alcuna, ma per pigliare qualche partito bestiale, crudele, nefando.
LIGURIO: Non dire così, raffrena cotesto impeto dell'animo.
CALLIMACO: Tu vedi bene che, per raffrenarlo, io mi pasco di simili pensieri. E però è necessario o che noi seguitiamo di mandare costui al bagno, o che noi entriamo per qualche altra via, che mi pasca d'una speranza, se non vera, falsa almeno, per la quale io nutrisca un pensiero, che mitighi in parte tanti mia affanni.
LIGURIO: Tu hai ragione, ed io sono per farlo.
CALLIMACO: Io lo credo, ancora che io sappia ch'e pari tuoi vivino d'uccellare li uomini. Nondimanco, io non credo essere

in quel numero, perché, quando tu el facessi ed io me ne avvedessi, cercherei di valermene, e perderesti ora l'uso della casa mia, e la speranza di avere quello che per lo avvenire t'ho promesso.
LIGURIO: Non dubitare della fede mia, ché, quando e' non ci fussi l'utile che io sento e che io spero, ci è che 'l tuo sangue si affà col mio, e desidero che tu adempia questo tuo desiderio presso a quanto tu. Ma lasciamo ire questo. El dottore mi ha commesso che io truovi un medico, e intenda a quale bagno sia bene andare. Io voglio che tu faccia a mio modo, e questo è che tu dica di avere studiato in medicina, e che abbi fatto a Parigi qualche sperienzia: lui è per crederlo facilmente per la semplicità sua, e per essere tu litterato e poterli dire qualche cosa in grammatica.
CALLIMACO: A che ci ha a servire cotesto?
LIGURIO: Serviracci a mandarlo a qual bagno noi vorreno, ed a pigliare qualche altro partito che io ho pensato, che sarà piú corto, piú certo, piú riuscibile che 'l bagno.
CALLIMACO: Che di' tu?
LIGURIO: Dico che, se tu arai animo e se tu confiderai in me, io ti do questa cosa fatta, innanzi che sia domani questa otta. E, quando e' fussi uomo che non è, da ricercare se tu se' o non se' medico, la brevità del tempo, la cosa in sé, farà o che non ne ragionerà o che non sarà a tempo a guastarci el disegno, quando bene e' ne ragionassi.
CALLIMACO: Tu mi risuciti. Questa è troppa gran promessa, e pascimi di troppa gran speranza. Come farai?
LIGURIO: Tu el saprai, quando e' fia tempo; per ora non occorre che io te lo dica, perché el tempo ci mancherà a fare nonché dire. Tu, vanne in casa, e quivi m'aspetta, ed io anderò a trovare el dottore, e, se io lo conduco a te, andrai seguitando el mio parlare ed accomodandoti a quello.
CALLIMACO: Cosí farò, ancora che tu mi riempia d'una speranza, che io temo non se ne vadia in fumo.

Canzone

dopo il primo atto

Chi non fa prova, Amore,
della tua gran possanza, indarno spera
di far mai fede vera
qual sia del cielo il piú alto valore;
né sa come si vive, insieme, e muore,
come si segue il danno e 'l ben si fugge,
come s'ama se stesso
men d'altrui, come spesso
timore e speme i cori adiaccia e strugge;
né sa come ugualmente uomini e dèi
paventan' l'arde di che armato sei.

ATTO SECONDO

SCENA PRIMA

Ligurio, messer Nicia, Siro.

LIGURIO: Come io vi ho detto, io credo che Dio ci abbia mandato costui, perché voi adempiate el desiderio vostro. Egli ha fatto a Parigi esperienzie grandissime; e non vi maravigliate se a Firenze e' non ha fatto professione dell'arte, che n'è suto cagione, prima, per essere ricco, secondo, perché egli è ad ogni ora per tornare a Parigi.
NICIA: Ormai, frate sí, cotesto bene importa; perché io non vorrei che mi mettessi in qualche lecceto, poi mi lasciassi in sulle secche.
LIGURIO: Non dubitate di cotesto; abbiate solo paura che non voglia pigliare questa cura; ma, se la piglia e' non è per lasciarvi infino che non ne veda el fine.
NICIA: Di cotesta parte io mi vo' fidare di te; ma della scienzia io ti dirò bene io, come io li parlo, s'egli è uom di dottrina, perché a me non venderà egli vesciche.
LIGURIO: E perché io vi conosco, vi meno io a lui acciò li parliate. E se, parlato li avete, e' non vi pare per presenzia, per dottrina, per lingua uno uomo da metterli il capo in grembo, dite che io non sia desso.
NICIA: Or sia, al nome dell'Agnol santo! Andiamo. Ma dove sta egli?
LIGURIO: Sta in su questa piazza, in quell'uscio che voi vedete dirimpetto a noi.
NICIA: Sia con buona ora. Picchia.
LIGURIO: Ecco fatto.
SIRO: Chi è?
LIGURIO: Evvi Callimaco?
SIRO: Sí, è.
NICIA: Che non di' tu maestro Callimaco?
LIGURIO: E' non si cura di simil baie.
NICIA: Non dir cosí, fa' il tuo debito, e, s'e' l'ha per male,

scingasi!

SCENA SECONDA

Callimaco, messer Nicia, Ligurio.

CALLIMACO: Chi è quel che mi vuole?
NICIA: *Bona dies, domine magister.*
CALLIMACO: *Et vobis bona, domine doctor.*
LIGURIO: Che vi pare?
NICIA: Bene, alle guagnèle!
LIGURIO: Se voi volete che io stia qui con voi, voi parlerete in modo che io v'intenda, altrimenti noi fareno duo fuochi.
CALLIMACO: Che buone faccende?
NICIA: Che so io? Vo cercando duo cose, ch'un altro per avventura fuggirebbe: questo è di dare briga a me e ad altri. Io non ho figliuoli, e vorre'ne, e, per avere questa briga, vengo a dare impaccio a voi.
CALLIMACO: A me non fia mai discaro fare piacere a voi ed a tutti li uomini virtuosi e da bene come voi; e non mi sono a Parigi affaticato tanti anni per imparare per altro, se non per potere servire a' pari vostri.
NICIA: Gran mercé; e, quando voi avessi bisogno dell'arte mia, io vi servirei volentieri. Ma torniamo *ad rem nostram.* Avete voi pensato che bagno fussi buono a disporre la donna mia ad impregnare? Ché io so che qui Ligurio vi ha detto quel che vi s'abbia detto.
CALLIMACO: Egli è la verità; ma, a volere adempiere el desiderio vostro, è necessario sapere la cagione della sterilità della donna vostra, perché le possono essere piú cagione. *Nam cause sterilitatis sunt: aut in semine, aut in matrice, aut in instrumentis seminariis, aut in virga, aut in causa extrinseca.*
NICIA: Costui è el piú degno uomo che si possa trovare!
CALLIMACO: Potrebbe, oltra a di questo, causarsi questa sterilità da voi, per impotenzia; che quando questo fussi non ci sarebbe rimedio alcuno.
NICIA: Impotente io? Oh! voi mi farete ridere! Io non credo

che sia el più ferrigno ed il più rubizzo uomo in Firenze di me.
CALLIMACO: Se cotesto non è, state di buona voglia, che noi vi troverremo qualche remedio.
NICIA: Sarebbeci egli altro remedio che bagni? Perché io non vorrei quel disagio, e la donna uscirebbe di Firenze mal volentieri.
LIGURIO: Sí, sarà! Io vo' rispondere io. Callimaco è tanto respettivo, che è troppo. Non m'avete voi detto di sapere ordinare certe pozione, che indubitatamente fanno ingravidare?
CALLIMACO: Sí, ho. Ma io vo rattenuto con gli uomini che io non conosco, perché io non vorrei mi tenessino un cerretano.
NICIA: Non dubitate di me, perché voi mi avete fatto maravigliare di qualità, che non è cosa io non credessi o facessi per le vostre mane.
LIGURIO: Io credo che bisogni che voi veggiate el segno.
CALLIMACO: Sanza dubbio, e' non si può fare di meno.
LIGURIO: Chiama Siro, che vadia con el dottore a casa per esso, e torni qui; e noi l'aspettereno in casa.
CALLIMACO: Siro! Va' con lui. E, se vi pare, messere, tornate qui súbito, e penseremo a qualche cosa di buono.
NICIA: Come, se mi pare? Io tornerò qui in uno stante, che ho più fede in voi che gli ungheri nelle spade.

SCENA TERZA

Messer Nicia, Siro.

NICIA: Questo tuo padrone è un gran valente uomo.
SIRO: Piú che voi non dite.
NICIA: El re di Francia ne de' far conto.
SIRO: Assai.
NICIA: E per questa ragione e' debbe stare volentieri in Francia.
SIRO: Cosí credo.
NICIA: E' fa molto bene. In questa terra non ci è se non cacastecchi, non ci si apprezza virtù alcuna. S'egli stessi qua, non ci sarebbe uomo che lo guardassi in viso. Io ne so

ragionare, che ho cacato le curatelle per imparare dua hac: e se io ne avessi a vivere, io starei fresco, ti so dire!
SIRO: Guadagnate voi l'anno cento ducati?
NICIA: Non cento lire, non cento grossi, o va'! E questo è che, chi non ha lo stato in questa terra, de' nostri pari, non truova can che gli abbai; e non siamo buoni ad altro che andare a' mortori o alle ragunate d'un mogliazzo, o a starci tutto dì in sulla panca del Proconsolo a donzellarci Ma io ne li disgrazio, io non ho bisogno di persona; cosí stessi chi sta peggio di me. Non vorrei però che le fussino mia parole, che io arei di fatto qualche balzello o qualche porro di drieto, che mi fare' sudare.
SIRO: Non dubitate.
NICIA: Noi siamo a casa, Aspettami qui: io tornerò ora.
SIRO: Andate.

SCENA QUARTA

Siro solo.

SIRO: Se gli altri dottori fussino fatti come costui, noi faremmo a sassi pe' forni: che sí, che questo tristo di Ligurio e questo impazzato di questo mio patrone lo conducono in qualche loco, che gli faranno vergogna! E veramente io lo desiderrei, quando io credessi che non si risapessi: perché risapendosi, io porto pericolo della vita, el padrone della vita e della roba. Egli è già diventato medico: non so io che disegno si sia el loro, e dove si tenda questo loro inganno. Ma ecco el dottore, che ha un orinale in mano: chi non riderebbe di questo uccellaccio?

SCENA QUINTA

Messer Nicia, Siro.

NICIA: Io ho fatto d'ogni cosa a tuo modo: di questo vo' io che tu facci a mio. S'io credevo non avere figliuli, io arei preso piú tosto per moglie una contadina. Che se' costí, Siro? Viemmi drieto. Quanta fatica ho io durata a fare che questa monna

sciocca mi dia questo segno! E non è dire che la non abbi caro fare figliuoli, ché la ne ha piú pensiero di me; ma, come io le vo' far fare nulla, egli è una storia!
SIRO: Abbiate pazienzia: le donne si sogliono con le buone parole condurre dove altri vuole.
NICIA: Che buone parole! ché mi ha fracido. Va ratto, di' al maestro ed a Ligurio che io son qui.
SIRO: Eccogli che vengon fuori.

SCENA SESTA

Ligurio, Callimaco, messer Nicia.

LIGURIO: El dottore fia facile a persuadere; la difficultà fia la donna, ed a questo non ci mancherà modo.
CALLIMACO: Avete voi el segno?
NICIA: E' l'ha Siro, sotto.
CALLIMACO: Dàllo qua. Oh! questo segno mostra debilità di rene.
NICIA: Ei mi par torbidiccio; eppur l'ha fatto ora ora.
CALLIMACO: Non ve ne maravigliate. *Nam mulieris, uri nae sunt semper maioris grossitiei et albedinis, et mi noris pulchritudinis quam virorum. Huius autem, in caetera, causa est amplitudo canalium, mixtio eorum quae ex matrice exeunt cum urinis.*
NICIA: Oh! uh! potta di san Puccio! Costui mi raffinisce in tralle mani; guarda come ragiona bene di queste cose!
CALLIMACO: Io ho paura che costei non sia, la notte, mal coperta, e per questo fa l'orina cruda.
NICIA: Ella tien pure adosso un buon coltrone; ma la sta quattro ore ginocchioni ad infilzar paternostri, innanzi che la se ne venghi al letto, ed è una bestia a patir freddo.
CALLIMACO: Infine, dottore, o voi avete fede in me, o no; o io vi ho ad insegnare un rimedio certo, o no. Io, per me, el rimedio vi darò. Se voi arete fede in me, voi lo piglierete; e se, oggi ad uno anno, la vostra donna non ha un suo figliolo in braccio, io voglio avervi a donare dumilia ducati.
NICIA: Dite pure, ché io son per farvi onore di tutto, e per

credervi piú che al mio confessoro.
CALLIMACO: Voi avete ad intender questo, che non è cosa piú certa ad ingravidare una donna che dargli bere una pozione fatta di mandragola. Questa è una cosa esperimentata da me dua paia di volte, e trovata sempre vera; e, se non era questo, la reina di Francia sarebbe sterile, ed infinite altre principesse di quello stato.
NICIA: E' egli possibile?
CALLIMACO: Egli è come io vi dico. E la Fortuna vi ha intanto voluto bene, che io ho condutto qui meco tutte quelle cose che in quella pozione si mettono, e potete averla a vostra posta.
NICIA: Quando l'arebbe ella a pigliare?
CALLIMACO: Questa sera dopo cena, perché la luna è ben disposta, ed el tempo non può essere piú appropriato.
NICIA: Cotesto non fia molto gran cosa. Ordinatela in ogni modo: io gliene farò pigliare.
CALLIMACO: E' bisogna ora pensare a questo: che quello uomo che ha prima a fare seco, presa che l'ha, cotesta pozione, muore infra otto giorni, e non lo camperebbe el mondo.
NICIA: Cacasangue!. Io non voglio cotesta suzzacchera! A me non l'apiccherai tu! Voi mi avete concio bene!
CALLIMACO: State saldo, e' ci è rimedio.
NICIA: Quale?
CALLIMACO: Fare dormire súbito con lei un altro che tiri, standosi seco una notte, a sé tutta quella infezione della mandragola: dipoi vi iacerete voi sanza periculo.
NICIA: Io non vo' far cotesto.
CALLIMACO: Perché?
NICIA: Perché io non vo' fare la mia donna femmina e me becco.
CALLIMACO: Che dite voi, dottore? Oh! io non vi ho per savio come io credetti. Sí che voi dubitate di fare quel lo che ha fatto el re di Francia e tanti signori quanti sono là?
NICIA: Chi volete voi che io truovi che facci cotesta pazzia? Se io gliene dico, e' non vorrà; se io non gliene dico, io lo tradisco, ed è caso da Otto: io non ci voglio capitare sotto male.

CALLIMACO: Se non vi dà briga altro che cotesto, lasciatene la cura a me.
NICIA: Come si farà?
CALLIMACO: Dirovelo: io vi darò la pozione questa sera dopo cena; voi gliene darete bere e, súbito, la metterete nel letto, che fieno circa a quattro ore di notte. Dipoi ci travestiremo, voi, Ligurio, Siro ed io, e andrencene cercando in Mercato Nuovo, in Mercato Vecchio, per questi canti; ed el primo garzonaccio che noi troviamo scioperato lo imbavaglieremo, ed a suon di mazzate lo condurreno in casa ed in camera vostra al buio. Quivi lo mettereno nel letto, direngli quel che gli abbia a fare, non ci fia difficultà veruna. Dipoi, la mattina, ne manderete colui innanzi dí, farete lavare la vostra donna, starete con lei a vostro piacere e sanza periculo.
NICIA: Io sono contento, poiché tu di' che e re e principi e signori hanno tenuto questo modo. Ma sopratutto, che non si sappia, per amore degli Otto!
CALLIMACO: Chi volete voi che lo dica?
NICIA: Una fatica ci resta, e d'importanza.
CALLIMACO: Quale?
NICIA: Farne contenta mogliama, a che io non credo che la si disponga mai.
CALLIMACO: Voi dite el vero. Ma io non vorrei innanzi essere marito, se io non la disponessi a fare a mio modo.
LIGURIO: Io ho pensato el rimedio.
NICIA: Come?
LIGURIO: Per via del confessoro.
CALLIMACO: Chi disporrà el confessoro, tu?
LIGURIO: Io, e danari, la cattività nostra, loro.
NICIA: Io dubito, non che altro, che per mie detto la non voglia ire a parlare al confessoro.
LIGURIO: Ed anche a cotesto è remedio.
CALLIMACO: Dimmi.
LIGURIO: Farvela condurre alla madre.
NICIA: La le presta fede.
LIGURIO: Ed io so che la madre è della opinione nostra. Orsú! avanziam tempo, ché si fa sera. Vatti, Callimaco, a

spasso, e fa' che alle ventitré ore noi ti ritroviamo in casa con la pozione ad ordine. Noi n'andreno a casa la madre, el dottore ed io, a disporla, perché è mia nota. Poi n'andreno al frate, e vi raguaglieremo di quello che noi aren fatto.
CALLIMACO: Deh! non mi lasciar solo.
LIGURIO: Tu mi pari cotto.
CALLIMACO: Dove vuoi tu ch'io vadia ora?
LIGURIO: Di là, di qua, per questa via, per quell'altra: egli è sí grande Firenze!
CALLIMACO: Io son morto.

Canzone

dopo il secondo atto

Quanto felice sia ciascun sel vede,
chi nasce sciocco ed ogni cosa crede!
Ambizione nol preme,
non lo muove il timore,
che sogliono esser seme
di noia e di dolore.
Questo vostro dottore,
bramando aver figlioli,
credria ch'un asin voli;
e qualunque altro ben posto ha in oblio,
e solo in questo ha posto il suo disio.

ATTO TERZO

SCENA PRIMA

Sostrata, messer Nicia, Ligurio.

SOSTRATA: Io ho sempre mai sentito dire che gli è ufizio d'un prudente pigliare de' cattivi partiti el migliore: se, ad avere figliuoli, voi non avete altro rimedio che questo, si vuole pigliarlo, quando e' non si gravi la conscienzia.
NICIA: Egli è così.
LIGURIO: Voi ve ne andrete a trovare la vostra figliuola, e messere ed io andreno a trovare fra' Timoteo suo confessoro, e narrerengli el caso, acciò che non abbiate a dirlo voi: vedrete quello che vi dirà.
SOSTRATA: Cosí sarà fatto. La via vostra è di costà; ed io vo a trovare la Lucrezia, e la merrò a parlare al frate, ad ogni modo.

SCENA SECONDA

Messer Nicia, Ligurio.

NICIA: Tu ti maravigli forse, Ligurio, che bisogni fare tante storie a disporre mogliama; ma, se tu sapessi ogni cosa, tu non te ne maraviglieresti.
LIGURIO: Io credo che sia, perché tutte le donne sono sospettose.
NICIA: Non è cotesto. Ell'era la piú dolce persona del mondo e la piú facile; ma, sendole detto da una sua vicina che, s'ella si botava d'udire quaranta mattine la prima messa de' Servi, che impregnerebbe, la si botò, ed andovvi forse venti mattine. Ben sapete che un di que' fratacchioni le cominciò 'ndare d'atorno, in modo che la non vi volle piú tornare. Egli è pure male però che quegli che ci arebbono a dare buoni essempli sien fatti cosí. Non dich'io el vero?
LIGURIO: Come diavolo, se egli è vero!

NICIA: Da quel tempo in qua ella sta in orecchi come la lepre; e, come se le dice nulla, ella vi fa dentro mille difficultà.
LIGURIO: Io non mi maraviglio piú. Ma, quel boto, come si adempié?
NICIA: Fecesi dispensare.
LIGURIO: Sta bene. Ma datemi, se voi avete, venticinque ducati, ché bisogna, in questi casi, spendere, e farsi amico el frate presto, e darli speranza di meglio.
NICIA: Pigliagli pure; questo non mi dà briga, io farò masserizia altrove.
LIGURIO: Questi frati sono trincati, astuti; ed è ragionevole, perché e' sanno e peccati nostri, e loro, e chi non è pratico con essi potrebbe ingannarsi e non gli sapere condurre a suo proposito. Pertanto io non vorrei che voi nel parlare guastassi ogni cosa, perché un vostro pari, che sta tuttodí nello studio, s'intende di quelli libri, e delle cose del mondo non sa ragionare. (Costui è sí sciocco, che io ho paura non guastassi ogni cosa).
NICIA: Dimmi quel che tu vuoi ch'io faccia.
LIGURIO: Che voi lasciate parlare a me, e non parliate mai, s'io non vi accenno.
NICIA: Io son contento. Che cenno farai tu?
LIGURIO: Chiuderò un occhio; morderommi el labbro... Deh no! Facciàno altrimenti. Quanto è egli che voi non parlasti al frate?
NICIA: È più di dieci anni.
LIGURIO: Sta bene. Io gli dirò che voi sete assordato, e voi non risponderete e non direte mai cosa alcuna, se noi non parliamo forte.
NICIA: Cosí farò.
LIGURIO: Non vi dia briga che io dica qualche cosa che vi paia disforme a quello che noi vogliamo, perché tutto tornerà a proposito.
NICIA: In buon ora.
LIGURIO: Ma io veggo el frate che parla con una donna. Aspettian che l'abbi spacciata.

SCENA TERZA

Fra' Timoteo, una donna.

TIMOTEO: Se voi vi volessi confessare, io farò ciò che voí volete.
DONNA: Non, per oggi; io sono aspettata: e' mi basta essermi sfogata un poco, cosí ritta ritta. Avete voi dette quelle messe della Nostra Donna?
TIMOTEO: Madonna sí.
DONNA: Togliete ora questo fiorino, e direte dua mesi ogni lunedí la messa de' morti per l'anima del mio marito. Ed ancora che fussi un omaccio, pure le carne tirono: io non posso fare non mi risenta, quando io me ne ricordo. Ma credete voi che sia in purgatorio?
TIMOTEO: Sanza dubio.
DONNA: Io non so già cotesto. Voi sapete pure quel che mi faceva qualche volta. Oh, quanto me ne dolsi io con esso voi! Io me ne discostavo quanto io potevo; ma egli era sí importuno! Uh, nostro Signore!
TIMOTEO: Non dubitate, la clemenzia di Dio è grande: se non manca a l'uomo la voglia, non gli manca mai el tempo a pentirsi.
DONNA: Credete voi che 'l Turco passi questo anno in Italia?
TIMOTEO: Se voi non fate orazione, sí.
DONNA: Naffe! Dio ci aiuti, con queste diavolerie! Io ho una gran paura di quello impalare. Ma io veggo qua in chiesa una donna che ha certa accia di mio: io vo' ire a trovarla. Fate col buon dí.
TIMOTEO: Andate sana.

SCENA QUARTA

Fra' Timoteo, Ligurio, messer Nicia.

TIMOTEO: Le piú caritative persone che sieno sono le donne, e le piú fastidiose. Chi le scaccia, fugge e fastidii e l'utile; chi le intrattiene, ha l'utile ed e fastidii insieme. Ed è 'l vero che non è el mele sanza le mosche. Che andate voi facendo, uomini da bene? Non riconosco io messer Nicia?

LIGURIO: Dite forte, ché gli è in modo assordato, che non ode quasi nulla.

TIMOTEO: Voi sete il ben venuto, messere!

LIGURIO: Piú forte !

TIMOTEO: El ben venuto!

NICIA: El ben trovato, padre!

TIMOTEO: Che andate voi faccendo?

NICIA: Tutto bene.

LIGURIO: Volgete el parlare a me, padre, perché voi, a volere che v'intendessi, aresti a mettere a romore questa piazza.

TIMOTEO: Che volete voi da me?

LIGURIO: Qui messere Nicia ed un altro uomo da bene, che voi intenderete poi, hanno a fare distribuire in limosine parecchi centinaia di ducati.

NICIA: Cacasangue!

LIGURIO: (Tacete, in malora, e' non fien molti!) Non vi maravigliate, padre, di cosa che dica, ché non ode, e pargli qualche volta udire, e non risponde a proposito.

TIMOTEO: Séguita pure, e lasciagli dire ciò che vuole.

LIGURIO: De' quali danari io ne ho una parte meco; ed hanno disegnato che voi siate quello che li distribuiate.

TIMOTEO: Molto volentieri.

LIGURIO: Ma egli è necessario, prima che questa limosina si faccia, che voi ci aiutiate d'un caso strano intervenuto a messere, che solo voi potete aiutare, dove ne va al tutto l'onore di casa sua.

TIMOTEO: Che cosa è?

LIGURIO: Io non so se voi conoscesti Cammillo Calfucci, nipote qui di messere.

TIMOTEO: Sí, conosco.

LIGURIO: Costui n'andò per certe sua faccende, uno anno fa, in Francia; e, non avendo donna, che era morta, lasciò una sua figliuola da marito in serbanza in uno munistero, del quale non accade dirvi ora el nome.

TIMOTEO: Che è seguíto?

LIGURIO: E' seguíto che, o per straccurataggine delle monache o per cervellinaggine della fanciulla, la si truova gravida di quattro mesi; di modo che, se non ci si ripara con prudenzia, el dottore, le monache, la fanciulla, Cammillo, la casa de' Calfucci è vituperata; e il dottore stima tanto questa vergogna che s'è botato, quando la non si palesi, dare trecento ducati per l'amore di Dio.
NICIA: Che chiacchiera!
LIGURIO: (State cheto!) E daragli per le vostre mani; e voi solo e la badessa ci potete rimediare.
TIMOTEO: Come?
LIGURIO: Persuadere alla badessa che dia una pozione alla fanciulla per farla sconciare.
TIMOTEO: Cotesta è cosa da pensarla.
LIGURIO: Guardate, nel far questo, quanti beni ne resulta: voi mantenete l'onore al monistero, alla fanciulla, a' parenti; rendete al padre una figliuola; satisfate qui a messere, a tanti sua parenti; fate tante elemosine, quante con questi trecento ducati potete fare; e, dall'altro canto, voi non offendete altro che un pezzo di carne non nata, sanza senso, che in mille modi si può sperdere; ed io credo che quello sia bene che facci bene ai piú, e che e piú se ne contentino.
TIMOTEO: Sia, col nome di Dio. Faccisi ciò che voi volete, e, per Dio e per carità, sia fatto ogni cosa. Ditemi el munistero, datemi la pozione, e, se vi pare, cotesti danari, da potere cominciare a fare qualche bene.
LIGURIO: Or mi parete voi quel religioso, che io credevo che voi fussi. Togliete questa parte de' danari. El munistero è... Ma aspettate, egli è qui in chiesa una donna che mi accenna: io torno ora ora; non vi partite da messer Nicia; io le vo' dire dua parole.

SCENA QUINTA

Fra' Timoteo, messer Nicia.

TIMOTEO: Questa fanciulla, che tempo ha?

NICIA: Io strabilio.
TIMOTEO: Dico, quanto tempo ha questa fanciulla?
NICIA: Mal che Dio gli dia!
TIMOTEO: Perché?
NICIA: Perché se l'abbia!
TIMOTEO: E' mi pare essere nel gagno. Io ho a fare cor uno pazzo e cor un sordo: l'un si fugge, l'altro non ode. Ma se questi non sono quarteruoli, io ne farò meglio di loro! Ecco Ligurio, che torna in qua.

SCENA SESTA

Ligurio, fra' Timoteo, messer Nicia.

LIGURIO: State cheto, messere. Oh! io ho la gran nuova, padre.
TIMOTEO: Quale?
LIGURIO: Quella donna con chi io ho parlato, mi ha detto che quella fanciulla si è sconcia per se stessa.
TIMOTEO: Bene! questa limosina andrà alla Grascia.
LIGURIO: Che dite voi?
TIMOTEO: Dico che voi tanto piú doverrete fare questa limosina.
LIGURIO: La limosina si farà, quando voi vogliate: ma e' bisogna che voi facciate un'altra cosa in benefizio qui del dottore.
TIMOTEO: Che cosa è?
LIGURIO: Cosa di minor carico, di minor scandolo, piú accetta a noi, e piú utile a voi.
TIMOTEO: Che è? Io sono in termine con voi, e parmi avere contratta tale dimestichezza, che non è cosa che io non facessi.
LIGURIO: Io ve lo vo' dire in chiesa, da me e voi, ed el dottore fia contento di aspettare qui. Noi torniamo ora.
NICIA: Come disse la botta a l'erpice! .
TIMOTEO: Andiamo.

SCENA SETTIMA

Messer Nicia solo.

NICIA: E' egli di dì o di notte? Sono io desto o sogno? Sono io imbriaco, e non ho beuto ancora oggi, per ire drieto a queste chiacchiere? Noi rimanghiam di dire al frate una cosa, e' ne dice un'altra; poi volle che io facessi el sordo, e bisognava io m'impeciassi gli orecchi come el Danese, a volere che io non avessi udite le pazzie, che gli ha dette, e Dio il sa con che proposito! Io mi truovo meno venticinque ducati, e del fatto mio non s'è ancora ragionato; ed ora m'hanno qui posto come un zugo a piuolo. Ma eccogli che tornano; in mala ora per loro, se non hanno ragionato del fatto mio!

SCENA OTTAVA

Fra' Timoteo, Ligurio, messer Nicia.

TIMOTEO: Fate che le donne venghino. Io so quello che io ho a fare; e, se l'autorità mia varrà, noi concluderemo questo parentado questa sera.
LIGURIO: Messer Nicia, fra' Timoteo è per fare ogni cosa. Bisogna vedere che le donne venghino.
NICIA: Tu mi ricrii tutto quanto. Fia egli maschio?
LIGURIO: Maschio.
NICIA: Io lacrimo per la tenerezza.
TIMOTEO: Andatevene in chiesa, io aspetterò qui le donne. State in lato che le non vi vegghino; e, partite che le fieno, Vi dirò quello che l'hanno detto.

SCENA NONA

Frate Timoteo solo.

TIMOTEO: Io non so chi s'abbi giuntato l'uno l'altro. Questo tristo di Ligurio ne venne a me con quella prima novella, per tentarmi, acciò, se io non gliene consentivo, non mi arebbe detta questa, per non palesare e disegni loro sanza utile, e di quella che era falsa non si curavono. Egli è vero che io ci sono suto giuntato; nondimeno, questo giunto è con mio utile. Messer Nicia e Callimaco sono ricchi, e da ciascuno, per diversi rispetti, sono per trarre assai; la cosa convien stia secreta, perché l'importa cosí a loro a dirla come a me. Sia come si voglia, io non me ne pento. E' ben vero che io dubito non ci avere dificultà, perché madonna Lucrezia è savia e buona: ma io la giugnerò in sulla bontà. E tutte le donne hanno poco cervello; e come ne è una che sappi dire dua parole, e' se ne predica, perché in terra di ciechi chi v'ha un occhio è signore. Ed eccola con la madre, la quale è bene una bestia, e sarammi uno grande adiuto a condurla alle mia voglie.

SCENA DECIMA

Sostrata, Lucrezia.

SOSTRATA: Io credo che tu creda, figliuola mia, che io stimi l'onore ed el bene tuo quanto persona del mondo, e che io non ti consigliassi di cosa che non stessi bene. Io t'ho detto e ridicoti, che se fra' Timoteo ti dice che non ci sia carico di conscienzia, che tu lo faccia sanza pensarvi.
LUCREZIA: Io ho sempremai dubitato che la voglia, che messer Nicia ha d'avere figliuoli, non ci faccia fare qualche errore; e per questo, sempre che lui mi ha parlato di alcuna cosa, io ne sono stata in gelosia e sospesa massime poi che m'intervenne quello che vi sapete, per andare a' Servi. Ma di tutte le cose che si son tentate, questa mi pare la piú strana, di avere a sottomettere el corpo mio a questo vituperio, ad esser cagione che uno uomo muoia per vituperarmi: perché io non crederrei, se io fussi sola rimasa nel mondo e da me avessi a resurgere l'umana natura, che mi fussi simile partito concesso
SOSTRATA: Io non ti so dire tante cose, figliuola mia. Tu parlerai al frate, vedrai quello che ti dirà, e farai quello che tu dipoi sarai consigliata da lui, da noi, da chi ti vuole bene.
LUCREZIA: Io sudo per la passione.

SCENA UNDECIMA

Fra' Timoteo, Lucrezia, Sostrata.

TIMOTEO: Voi siate le ben venute! Io so quello che voi volete intendere da me, perché messer Nicia m'ha parlato. Veramente, io sono stato in su' libri più di dua ore a studiare questo caso; e, dopo molte esamine, io truovo di molte cose che, e in particolare ed in generale, fanno per noi.
LUCREZIA: Parlate voi da vero o motteggiate?
TIMOTEO: Ah, madonna Lucrezia! Sono, queste, cose da motteggiare? Avetemi voi a conoscere ora?
LUCREZIA: Padre, no; ma questa mi pare la più strana cosa che mai si udissi.
TIMOTEO: Madonna, io ve lo credo, ma io non voglio che voi diciate piú cosí. E' sono molte cose che discosto paiano terribili, insopportabile, strane, che, quando tu ti appressi loro, le riescono umane, sopportabili, dimestiche; e però si dice che sono maggiori li spaventi ch'e mali: e questa è una di quelle.
LUCREZIA: Dio el voglia!
TIMOTEO: Io voglio tornare a quello, che io dicevo prima. Voi avete, quanto alla conscienzia, a pigliare questa generalità, che, dove è un bene certo ed un male incerto, non si debbe mai lasciare quel bene per paura di quel male. Qui è un bene certo, che voi ingraviderete, acquisterete una anima a messer Domenedio; el male incerto è che colui che iacerà, dopo la pozione, con voi, si muoia; ma e' si truova anche di quelli che non muoiono. Ma perché la cosa è dubia, però è bene che messer Nicia non corra quel periculo. Quanto allo atto, che sia peccato, questo è una favola, perché la volontà è quella che pecca, non el corpo; e la cagione del peccato è dispiacere al marito, e voi li compiacete; pigliarne piacere, e voi ne avete dispiacere. Oltra di questo, el fine si ha a riguardare in tutte le cose; el fine vostro si è riempire una sedia in paradiso, contentare el marito vostro. Dice la Bibia che le figliuole di Lotto, credendosi essere rimase sole nel mondo, usorono con el padre; e, perché la loro intenzione fu buona, non peccorono.
LUCREZIA: Che cosa mi persuadete voi?
SOSTRATA: Làsciati persuadere, figliuola mía. Non vedi tu

che una donna, che non ha figliuoli, non ha casa? Muorsi el marito, resta com'una bestia, abandonata da ognuno.
TIMOTEO: Io vi giuro, madonna, per questo petto sacrato, che tanta conscienzia vi è ottemperare in questo caso al marito vostro, quanto vi è mangiare carne el mercodedí, che è un peccato che se ne va con l'acqua benedetta.
LUCREZIA: A che mi conducete voi, padre?
TIMOTEO: Conducovi a cose, che voi sempre arete cagione di pregare Dio per me; e piú vi satisfarà questo altro anno che ora.
SOSTRATA: Ella farà ciò che voi volete. Io la voglio mettere stasera al letto io. Di che hai tu paura, moccicona? E' c'è cinquanta donne, in questa terra, che ne alzerebbono le mani al cielo.
LUCREZIA: Io sono contenta: ma non credo mai essere viva domattina.
TIMOTEO: Non dubitar, figliuola mia: io pregherrò Iddio per te, io dirò l'orazione dell'agnol Raffaello, che ti accompagni. Andate, in buona ora, e preparatevi a questo misterio, ché si fa sera.
SOSTRATA: Rimanete in pace, padre.
LUCREZIA: Dio m'aiuti e la Nostra Donna, che io non càpiti male.

SCENA DUODECIMA

Fra' Timoteo, Ligurio, messer Nicia.

TIMOTEO: O Ligurio, uscite qua!
LIGURIO: Come va?
TIMOTEO: Bene. Le ne sono ite a casa disposte a fare ogni cosa, e non ci fia difficultà, perché la madre si andrà a stare seco, e vuolla mettere al letto lei.
NICIA: Dite voi el vero?
TIMOTEO: Bembè, voi sete guarito del sordo?
LIGURIO: San Chimenti gli ha fatto grazia.
TIMOTEO: E' si vuol porvi una immagine, per rizzarci un poco di baccanella, acciò che io abbia fatto quest'altro

guadagno con voi.
NICIA: Non entriano in cetere. Farà la donna difficultà di fare quel ch'io voglio?
TIMOTEO: Non, vi dico.
NICIA: Io sono el piú contento uomo del mondo.
TIMOTEO: Credolo. Voi vi beccherete un fanciul maschio,- e chi non ha non abbia.
LIGURIO: Andate, frate, a le vostre orazioni, e, se bisognerà altro, vi verreno a trovare. Voi, messere, andate a lei, per tenerla ferma in questa opinione, ed io andrò a trovare maestro Callimaco, che vi mandi la pozione; ed all'un'ora fate che io vi rivegga, per ordinare quello che si de' fare alle quattro.
NICIA: Tu di' bene. Addio!
TIMOTEO: Andate sani.

Canzone

dopo il terzo atto

Sí suave è l'inganno
al fin condotto imaginato e caro,
ch'altrui spoglia d'affanno,
e dolce face ogni gustato amaro.
O rimedio alto e raro,
tu mostri il dritto calle all'alme erranti;
tu, col tuo gran valore,
nel far beato altrui, fai ricco Amore;
tu vinci, sol co' tuoi consigli santi,
pietre, veneni e incanti.

ATTO QUARTO

SCENA PRIMA

Callimaco solo.

CALLIMACO: Io vorrei pure intendere quello che costoro hanno fatto. Può egli essere che io non rivegga Ligurio? E, nonché le ventitré, le sono le ventiquattro ore! In quanta angustia d'animo sono io stato e sto! Ed è vero che la Fortuna e la Natura tiene el conto per bilancio: la non ti fa mai un bene, che, a l'incontro, non surga un male. Quanto piú mi è cresciuta la speranza, tanto mi è cresciuto el timore. Misero a me! Sarà egli mai possibile che io viva in tanti affanni e perturbato da questi timori e queste speranze? Io sono una nave vessata da dua diversi venti, che tanto piú teme, quanto ella è più presso al porto. La semplicità di messere Nicia mi fa sperare, la providenzia e durezza di Lucrezia mi fa temere. Oimè, che io non truovo requie in alcuno loco! Talvolta io cerco di vincere me stesso, riprendomi di questo mio furore, e dico meco: — Che fai tu? Se' tu impazato? Quando tu l'ottenga, che fia? Conoscerai el tuo errore, pentira'ti delle fatiche e de' pensieri che hai avuti. Non sai tu quanto poco bene si truova nelle cose che l'uomo desidera, rispetto a quello che l'uomo ha presupposto trovarvi? Da l'altro canto: el peggio che te ne va è morire e andarne in inferno; e' son morti tanti degli altri! e sono in inferno tanti uomini da bene! Ha'ti tu a vergognare d'andarvi tu? Volgi el viso alla sorte; fuggi el male, e non lo potendo fuggire sopportalo come uomo; non ti prosternere, non ti invilire come una donna. — E così mi fo di buon cuore; ma io ci sto poco sú, perché da ogni parte mi assalta tanto desio d'essere una volta con costei, che io mi sento, dalle piante de' piè al capo, tutto alterare: le gambe triemano, le viscere si commuovono, il cuore mi si sbarba del petto, le braccia s'abandonano, la lingua diventa muta, gli occhi abarbagliano, el cervello mi gira. Pure, se io trovassi Ligurio, io arei con chi sfogarmi. Ma ecco che ne viene verso me ratto. El rapporto di costui mi farà o vivere allegro qualche poco o morire affatto.

SCENA SECONDA

Ligurio, Callimaco.

LIGURIO: Io non desiderai mai piú tanto di trovare Callimaco, e non penai mai piú tanto a trovarlo. Se io li portassi triste nuove, io l'arei riscontro al primo. Io sono stato a casa, in Piazza, in Mercato, al Pancone delli Spini, alla Loggia de' Tornaquinci, e non l'ho trovato. Questi innamorati hanno l'ariento vivo sotto e pieti, e non si possono fermare.
CALLIMACO: Che sto io ch'io non lo chiamo? E mi par pure allegro: Oh, Ligurio! Ligurio!
LIGURIO: Oh, Callimaco! dove sei tu stato?
CALLIMACO: Che novelle?
LIGURIO: Buone.
CALLIMACO: Buone in verità?
LIGURIO: Ottime.
CALLIMACO: E' Lucrezia contenta?
LIGURIO: Sí.
CALLIMACO: El frate fece el bisogno?
LIGURIO: Fece
CALLIMACO: Oh, benedetto frate! Io pregherrò sempre Dio per lui. .
LIGURIO: Oh, buono! Come se Dio facessi le grazie del male, come del bene! El frate vorrà altro che prieghi!
CALLIMACO: Che vorrà?
LIGURIO: Danari.
CALLIMACO: Darégliene. Quanti ne gli hai tu promessi?
LIGURIO: Trecento ducati.
CALLIMACO: Hai fatto bene.
LIGURIO: El dottore ne ha sborsati venticinque.
CALLIMACO: Come?
LIGURIO: Bastiti che gli ha sborsati.
CALLIMACO: La madre di Lucrezia, che ha fatto?

LIGURIO: Quasi el tutto. Come la 'ntese che la sua figliuola la avev'avere questa buona notte sanza peccato, la non restò mai di pregare, comandare, confortare la Lucrezia, tanto che ella la condusse al frate, e quivi operò in modo, che la l'acconsentí.
CALLIMACO: Oh, Dio! Per quali mia meriti debbo io avere tanti beni? Io ho a morire per l'allegrezza!
LIGURIO: Che gente è questa? Ora per l'allegrezza, ora pel dolore, costui vuole morire in ogni modo. Hai tu ad ordine la pozione?
CALLIMACO: Sí, ho.
LIGURIO: Che li manderai?
CALLIMACO: Un bicchiere d'hypocras, che è a proposito a racconciare lo stomaco, rallegra el cervello... Ohimè, ohimè, ohimè, io sono spacciato!
LIGURIO: Che è? Che sarà?
CALLIMACO: E' non ci è remedio.
LIGURIO: Che diavol fia?
CALLIMACO: E' non si è fatto nulla, io mi son murato un forno.
LIGURIO: Perché? Ché non lo di? Lèvati le man' dal viso.
CALLIMACO: O non sai tu che io ho detto a messer Nicia che tu, lui, Siro ed io piglieremo uno per metterlo a lato a la moglie?
LIGURIO: Che importa?
CALLIMACO: Come, che importa? Se io sono con voi, non potrò essere quel che sia preso; s'io non sono, e' s'avvedrà dello inganno.
LIGURIO: Tu di' el vero. Ma non ci è egli rimedio?
CALLIMACO: Non, credo io.
LIGURIO: Sí, sarà bene.
CALLIMACO: Quale?
LIGURIO: Io voglio un poco pensallo.
CALLIMACO: Tu mi hai chiaro: io sto fresco, se tu l'hai a pensare ora!
LIGURIO: Io l'ho trovato.
CALLIMACO: Che cosa?
LIGURIO: Farò che 'l frate, che ci ha aiutato infino a qui, farà questo resto.

CALLIMACO: In Che modo?
LIGURIO: Noi abbiamo tutti a travestirci. Io farò travestire el frate: contrafarà la voce, el viso, l'abito; e dirò al dottore che tu sia quello; e' sel crederà.
CALLIMACO: Piacemi; ma io che farò?
LIGURIO: Fo conto che tu ti metta un pitocchino indosso, e con un liuto in mano te ne venga costí, dal canto della sua casa, cantando un canzoncino.
CALLIMACO: A viso scoperto?
LIGURIO: Sí, ché se tu portassi una maschera, e' gli enterrebbe 'n sospetto.
CALLIMACO: E' mi conoscerà.
LIGURIO: Non farà: perché io voglio che tu ti storca el viso, che tu apra, aguzzi o digrigni la bocca, chiugga un occhio. Pruova un poco.
CALLIMACO: Fo io così?
LIGURIO: No.
CALLIMACO: Cosí?
LIGURIO: Non basta.
CALLIMACO: A questo modo?
LIGURIO: Sí, sí, tieni a mente cotesto. Io ho un naso in casa: io vo' che tu te l'appicchi.
CALLIMACO: Orbé, che sarà poi?
LIGURIO: Come tu sarai comparso in sul canto, noi saren quivi, torrénti el liuto, piglierenti, aggirerenti condurrenti in casa, metterenti a letto. E 'l resto doverrai tu fare da te!
CALLIMACO: Fatto sta condursi!
LIGURIO: Qui ti condurrai tu. Ma a fare che tu vi possa ritornare sta a te e non a noi.
CALLIMACO: Come?
LIGURIO: Che tu te la guadagni in questa notte, e che, innanzi che tu ti parta, te le dia a conoscere, scuoprale lo inganno, mostrile l'amore le porti, dicale el bene le vuoi, e come sanza sua infamia la può esser tua amica, e con sua grande infamia tua nimica. È impossibile che la non convenghi teco, e che la voglia che questa notte sia sola.
CALLIMACO: Credi tu cotesto?

LIGURIO: Io ne son certo. Ma non perdiam piú tempo: e' son già dua ore. Chiama Siro, manda la pozione a messer Nicia, e me aspetta in casa. Io andrò per el frate: farollo travestire, e condurrenlo qui, e troverreno el dottore e fareno quello manca.
CALLIMACO: Tu di' ben! Va' via.

SCENA TERZA
Callimaco, Siro.

CALLIMACO: O Siro!
SIRO: Messere!
CALLIMACO: Fatti costí.
SIRO: Eccomi.
CALLIMACO: Piglia quello bicchiere d'argento, che è drento allo armario di camera e, coperto con un poco di drappo, portamelo, e guarda a non lo versare per la via.
SIRO: Sarà fatto.
CALLIMACO: Costui è stato dieci anni meco, e sempre m'ha servito fedelmente. Io credo trovare, anche in questo caso, fede in lui; e, benché io non gli abbi comunicato questo inganno, e' se lo indovina, ché gli è cattivo bene e veggo che si va accomodando.
SIRO: Eccolo.
CALLIMACO: Sta bene. Tira, va a casa messer Nicia, e digli che questa è la medicina, che ha a pigliare la donna doppo cena subito; e quanto prima cena, tanto sarà meglio; e, come noi sareno in sul canto ad ordine, al tempo, e' facci d'esservi. Va' ratto.
SIRO: I' vo.
CALLIMACO: Odi qua. Se vuole che tu l'aspetti, aspettalo, e vientene qui con lui; se non vuole, torna qui da me, dato che tu glien'hai, e fatto che tu gli arai l'ambasciata.
SIRO: Messer, sí.

SCENA QUARTA

Callimaco solo.

CALLIMACO: Io aspetto che Ligurio torni col frate; e chi dice che gli è dura cosa l'aspettare, dice el vero. Io scemo ad ogni ora dieci libbre, pensando dove io sono ora, dove io potrei essere di qui a dua ore, temendo che non nasca qualche cosa, che interrompa el mio disegno. Che se fussi, e' fia l'ultima notte della vita mia, perché o io mi gitterò in Arno, o io m'impiccherò, o io mi gitterò da quelle finestre, o io mi darò d'un coltello in sullo uscio suo. Qualche cosa farò io, perché io non viva più. Ma veggo io Ligurio? Egli è desso, egli ha seco uno che pare scrignuto, zoppo: e' fia certo el frate travestito Oh, frati! Conoscine uno, e conoscigli tutti. Chi è quell'altro, che si è accostato a loro? E' mi pare Siro, arà digià fatto l'ambasciata al dottore; egli è esso. Io gli voglio aspettare qui, per convenire con loro.

SCENA QUINTA

Siro, Ligurio, Callimaco, fra' Timoteo travestito

SIRO: Chi è teco, Ligurio?
LIGURIO: Uno uom da bene.
SIRO: E' egli zoppo, o fa le vista?
LIGURIO: Bada ad altro.
SIRO: Oh! gli ha el viso del gran ribaldo!
LIGURIO: Deh! sta' cheto, ché ci hai fracido! Ove è Callimaco?
CALLIMACO: Io son qui. Voi siete e ben venuti!
LIGURIO: O Callimaco, avvertisci questo pazzerello di Siro egli ha detto già mille pazzie.
CALLIMACO: Siro, odi qua: tu hai questa sera a fare tutto quello che ti dirà Ligurio; e fa' conto, quando e' ti comanda, che sia io; e ciò che tu vedi, senti o odi, hai a tenere secretissimo, per quanto tu stimi la roba, l'onore, la vita mia e il bene tuo.
SIRO: Cosí si farà.

CALLIMACO: Desti tu el bicchiere al dottore?
SIRO: Messer, sì.
CALLIMACO: Che disse?
SIRO: Che sarà ora ad ordine di tutto.
TIMOTEO: E' questo Callimaco?
CALLIMACO: Sono, a' comandi vostri. Le proferte tra noi sien fatte: voi avete a disporre di me e di tutte le fortune mia, come di voi.
TIMOTEO: Io l'ho inteso e credolo e sommi messo a fare quello per te, che io non arei fatto per uomo del mondo.
CALLIMACO: Voi non perderete la fatica.
TIMOTEO: E' basta che tu mi voglia bene.
LIGURIO: Lasciamo stare le cerimonie. Noi andreno a travestirci, Siro ed io. Tu, Callimaco, vien' con noi, per potere ire a fare e fatti tua. El frate ci aspetterà qui: noi torneren subito, e andreno a trovare messere Nicia.
CALLIMACO: Tu di' bene: andiano.
TIMOTEO: Vi aspetto.

SCENA SESTA

Frate solo travestito.

TIMOTEO: E' dicono el vero quelli che dicono che le cattive compagnie conducono gli uomini alle forche, e molte volte uno càpita male cosí per essere troppo facile e troppo buono, come per essere troppo tristo. Dio sa che io non pensavo ad iniurare persona, stavomi nella mia cella, dicevo el mio ufizio, intrattenevo e mia devoti: capitommi inanzi questo diavolo di Ligurio, che mi fece intignere el dito in uno errore, donde io vi ho messo el braccio, e tutta la persona, e non so ancora dove io m'abbia a capitare. Pure mi conforto che quando una cosa importa a molti, molti ne hanno aver cura. Ma ecco Ligurio e quel servo che tornono.

SCENA SETTIMA

Fra' Timoteo, Ligurio, Siro travestiti.

TIMOTEO: Voi siate e ben tornati.
LIGURIO: Stian noi bene?
TIMOTEO: Benissimo.
LIGURIO: E' ci manca el dottore. Andian verso casa sua: e' son piú di tre ore, andian via!
SIRO: Chi apre l'uscio suo? È egli el famiglio?
LICURI0 No: gli è lui. Ah, ah, ah, uh!
SIRO: Tu ridi?
LIGURIO: Chi non riderebbe? Egli ha un guarnacchino indosso, che non gli cuopre el culo. Che diavolo ha egli in capo? E' mi pare un di questi gufi de' canonici, e uno spadaccino sotto: ah, ah! e' borbotta non so che. Tirianci da parte, e udireno qualche sciagura della moglie.

SCENA OTTAVA

Messer Nicia travestito.

NICIA: Quanti lezzi ha fatti questa mia pazza! Ella ha mandato le fante a casa la madre, e 'l famiglio in villa. Di questo io la laudo; ma io non la lodo già che, innanzi che la ne sia voluta ire al letto, ell'abbi fatto tante schifiltà: — Io non voglio! ... Come farò io?... Che mi fate voi fare? ... Oh me!, mamma mia!.. E, se non che la madre le disse il padre del porro, la non entrava in quel letto. Che le venga la contina! Io vorrei ben vedere le donne schizzinose, ma non tanto; ché ci ha tolta la testa, cervello di gatta! Poi, chi dicessi: Che impiccata sia la piú savia donna di Firenze la direbbe: — Che t'ho io fatto? Io so che la Pasquina enterrà in Arezzo, ed inanzi che io mi parta da giuoco, io potrò dire, come mona Ghinga: — Di veduta, con queste mane. Io sto pur bene! Chi mi conoscerebbe? Io paio maggiore, piú giovane, piú scarzo: e non sarebbe donna, che mi togliessi danari di letto. Ma dove troverrò io costoro?

SCENA NONA

Ligurio, messer Nicia, fra' Timoteo, Siro.

LIGURIO: Buona sera, messere.
NICIA: Oh! eh! eh!
LIGURIO: Non abbiate paura, no' siàn noi.
NICIA: Oh! voi siete tutti qui? S'io non vi conoscevo presto, io vi davo con questo stocco, el piú diritto che io sapevo! Tu, se' Ligurio? e tu, Siro? e quell'altro el maestro? ah?
LIGURIO: Messere, si.
NICIA: Togli! Oh, e' s'è contraffatto bene! e' non lo conoscerebbe Va-qua-tu!
LIGURIO: Io gli ho fatto mettere dua noce in bocca, perché non sia conosciuto alla voce.
NICIA: Tu se' ignorante.
LIGURIO: Perché ?
NICIA: Che non me 'l dicevi tu prima? Ed are'mene messo anch'io dua e sai se gli importa non essere conosciuto alla favella!
LIGURIO: Togliete, mettetevi in bocca questo.
NICIA: Che è ella?
LIGURIO: Una palla di cera.
NICIA: Dàlla qua... ca, pu, ca, co, co, cu, cu, spu... Che ti venga la seccaggine, pezzo di manigoldo!
LIGURIO: Perdonatemi, ché io ve ne ho data una in scambio, che io non me ne sono avveduto.
NICIA: Ca, ca, pu, pu... Di che, che, che, che era?
LIGURIO: D'aloe.
NICIA: Sia, in malora! Spu, spu... Maestro, voi non dite nulla?
TIMOTEO: Ligurio m'ha fatto adirare.
NICIA: Oh! voi contrafate bene la voce.
LIGURIO: Non perdian piú tempo qui. Io voglio essere el capitano, e ordinare l'esercito per la giornata. Al destro corno sia preposto Callimaco, al sinistro io, intra le dua corna starà qui el dottore; Siro fia retroguardo, per dar sussidio a quella banda che inclinassi. El nome sia san Cucú.

NICIA: Chi è san Cucú?
LIGURIO: È el piú onorato santo, che sia in Francia. Andiàn via, mettiàn l'aguato a questo canto. State a udire: io sento un liuto.
NICIA: Egli è esso. Che vogliàn fare?
LIGURIO: Vuolsi mandare innanzi uno esploratore a scoprire chi egli è, e, secondo ci riferirà, secondo fareno.
NICIA: Chi v'andrà?
LIGURIO: Va' via, Siro. Tu sai quello hai a fare. Considera, essamina, torna presto, referisci.
SIRO: Io vo.
NICIA: Io non vorrei che noi pigliassimo un granchio, che fussi qualche vecchio debole o infermiccio, e che questo giuoco si avessi a rifare domandassera.
LIGURIO: Non dubitate, Siro è valent'uomo. Eccolo, e' torna. Che truovi, Siro?
SIRO: Egli è el piú bello garzonaccio, che voi vedessi mai! Non ha venticinque anni, e viensene solo, in pitocchino, sonando el liuto.
NICIA: Egli è el caso, se tu di' el vero. Ma guarda che questa broda sarebbe tutta gittata addosso a te!
SIRO: Egli è quel ch'io v'ho detto.
LIGURIO: Aspettiàno ch'egli spunti questo canto, e subito gli sareno addosso.
NICIA: Tiratevi in qua, maestro: voi mi parete un uom di legno. Eccolo.
CALLIMACO:
Venir vi possa el diavolo allo letto,
Dapoi ch'io non vi posso venir io!
LIGURIO: Sta' forte. Da' qua questo liuto!
CALLIMACO: Ohimè! Che ho io fatto?
NICIA: Tu el vedrai! Cuoprili el capo, imbavaglialo!
LIGURIO: Aggiralo!
NICIA: Dàgli un'altra volta! dagliene un'altra! mettetelo in casa!
TIMOTEO: Messere Nicia, io m'andrò a riposare, ché mi duole la testa, che io muoio. E, se non bisogna, io non tornerò domattina.

NICIA: Sí, maestro, non tornate: noi potrem fare da noi.

SCENA DECIMA
Frate Timoteo solo.

TIMOTEO: E' sono intanati in casa, ed io me ne andrò al convento. E voi, spettatori, non ci appuntat:. perché in questa notte non ci dormirà persona, sí che gli Atti non sono interrotti dal tempo. Io dirò l'uffizio; Ligurio e Siro ceneranno, ché non hanno mangiato oggi; el dottore andrà di camera in sala, perchè la cucina vadia netta. Callimaco e madonna Lucrezia non dormiranno, perché io so, se io fussi lui e se voi fussi lei, che noí non dormiremmo.

Canzone
dopo il quarto atto

Oh dolce notte, oh sante
ore notturne e quete,
ch'i disïosi amanti accompagnate;
In voi s'adunan tante
letizie, onde voi siete
sole cagion di far l'alme beate.
Voi, giusti premii date,
all'amorose schiere,
delle lunghe fatiche;
voi fate, o felici ore,
ogni gelato petto arder d'amore!

ATTO QUINTO

SCENA PRIMA

Fra' Timoteo solo.

TIMOTEO: Io non ho potuto questa notte chiudere occhio, tanto è el desiderio, che io ho d'intendere come Callimaco e gli altri l'abbino fatta. Ed ho atteso a consumare el tempo in varie cose: io dissi mattutino, lessi una vita de' Santi Padri, andai in chiesa ed accesi una lampana che era spenta, mutai un velo ad una Nostra Donna, che fa miracoli. Quante volte ho io detto a questi frati che la tenghino pulita! E si maravigliano poi se la divozione manca! Io mi ricordo esservi cinquecento immagine, e non ve ne sono oggi venti: questo nasce da noi, che non le abbiàno saputa mantenere la reputazione. Noi vi solavamo ogni sera doppo la compieta andare a procissione, e farvi cantare ogni sabato le laude. Botavanci noi sempre quivi, perché vi si vedessi delle imagine fresche; confortavamo nelle confessioni gli uomini e le donne a botarvisi. Ora non si fa nulla di queste cose, e poi ci maravigliamo se le cose vanno fredde! Oh, quanto poco cervello è in questi mia frati! Ma io sento un grande romore da casa messer Nicia. Eccogli, per mia fé! E' cavono fuora el prigione. Io sarò giunto a tempo. Ben si sono indugiati alla sgocciolatura, e' si fa appunto l'alba. Io voglio stare ad udire quel che dicono sanza scoprirmi.

SCENA SECONDA

Messer Nicia, Callimaco, Ligurio, Siro travestiti.

NICIA: Piglialo di costà, ed io di qua, e tu, Siro, lo tieni per il pitocco, di drieto.
CALLIMACO: Non mi fate male!
LIGURIO: Non aver paura, va' pur via.
NICIA: Non andiam più là.

LIGURIO: Voi dite bene. Lasciallo ire qui. Diangli dua volte, che non sappi donde e' si da venuto. Giralo, Siro!
SIRO: Ecco.
NICIA: Giralo un'altra volta.
SIRO: Ecco fatto.
CALLIMACO: El mio liuto!
LIGURIO: Via, ribaldo, tira via! S'i' ti sento favellare, io ti taglierò el collo!
NICIA: E' s'è fuggito. Andianci a sbisacciare: e vuolsi che noi usciamo fuori tutti a buona ora, acciò che non si paia che noi abbiamo veghiato questa notte.
LIGURIO: Voi dite el vero.
NICIA: Andate, voi e Siro, a trovar maestro Callimaco, e gli dite che la cosa è proceduta bene.
LIGURIO: Che li possiamo noi dire? Noi non sappiamo nulla. Voi sapete che, arrivati in casa, noi ce n'andamo nella volta a bere: voi e la suocera rimanesti alle mani seco, e non vi rivedemo mai se non ora, quando voi ci chiamasti per mandarlo fuora.
NICIA: Voi dite el vero. Oh! io vi ho da dire le belle cose! Mogliama era nel letto al buio. Sostrata m'aspettava al fuoco. Io giunsi su con questo garzonaccio, e, perché e' non andassi nulla in capperuccia, io lo menai in una dispensa, che io ho in sulIa sala, dove era un certo lume annacquato, che gittava un poco d'albore, in modo ch'e' non mi poteva vedere in viso.
LIGURIO: Saviamente.
NICIA: Io lo feci spogliare: e' nicchiava; io me li volsi come un cane, di modo che gli parve mill'anni di avere fuora e panni, e rimase ignudo. Egli è brutto di viso: egli aveva un nasaccio, una bocca torta; ma tu non vedesti mai le piú belle carne: bianco, morbido, pastoso! E dell'altre cose non ne domandate.
LIGURIO: E' non è bene ragionarne, che bisognava vederlo tutto.
NICIA: Tu vuoi el giambo. Poi che io avevo messo mano in pasta, io ne volsi toccare el fondo: poi volli vedere s'egli era sano: s'egli avessi auto le bolle, dove mi trovavo io? Tu ci metti parole.

LIGURIO: Avete ragion voi.
NICIA: Come io ebbi veduto che gli era sano, io me lo tirai drieto, ed al buio lo menai in camera, messi al letto; e innanzi mi partissi, volli toccare con mano come la cosa andava, ché io non sono uso ad essermi dato ad intendere lucciole per lanterne.
LIGURIO: Con quanta prudenzia avete voi governata questa cosa!
NICIA: Tocco e sentito che io ebbi ogni cosa, mi uscii di camera, e serrai l'uscio, e me n'andai alla suocera, che era al fuoco, e tutta notte abbiamo atteso a ragionare.
LIGURIO: Che ragionamenti son stati e vostri?
NICIA: Della sciocchezza di Lucrezia, e quanto egli era meglio che sanza tanti andirivieni, ella avessi ceduto al primo. Dipoi ragionamo del bambino, che me lo pare tuttavia avere in braccio, el naccherino! Tanto che io sentii sonare le tredici ore; e, dubitando che il dí non sopragiugnessi, me n'andai in camera. Che direte voi, che io non potevo fare levare quel rubaldone?
LIGURIO: Credolo!
NICIA: E' gli era piaciuto l'unto! Pure, e' si levò, io vi chiamai, e l'abbiamo condutto fuora.
LIGURIO: La cosa è ita bene.
NICIA: Che dira' tu, che me ne 'ncresce?
LIGURIO: Di che?
NICIA: Di quel povero giovane, ch'egli abbia a morire sí presto, e che questa notte gli abbia a costar sí cara.
LIGURIO: Oh, voi avete e pochi pensieri! Lasciatene la cura a lui.
NICIA: Tu di' el vero. Ma mi par bene mille anni di trovare maestro Callimaco, e rallegrarmi seco.
LIGURIO: E' sarà fra una ora fuora. Ma egli è già chiaro el giorno: noi ci andreno a spogliare; voi, che farete?
NICIA: Andronne anch'io in casa, a mettermi e panni buoni. Farò levare e lavare la donna, farolla venire alla chiesa, ad entrare in santo. Io vorrei che voi e Callimaco fussi là, e che noi parlassimo al frate, per ringraziarlo e ristorallo del bene che ci ha fatto.

LIGURIO: Voi dite bene: così si farà.

SCENA TERZA

Fra' Timoteo solo.

TIMOTEO: Io ho udito questo ragionamento, e mi è piaciuto tutto, considerando quanta sciocchezza sia in questo dottore; ma la conclusione utima mi ha sopra modo dilettato. E poiché debbono venire a trovarmi a casa, io non voglio star piú qui, ma aspettargli alla chiesa, dove la mia mercanzia varrà piú. Ma chi esce di quella casa? E' mi pare Ligurio, e con lui debbe essere Callimaco. Io non voglio che mi vegghino, per le ragioni dette: pur, quando e' non venissino a trovarmi, sempre sarò a tempo ad andare a trovare loro.

SCENA QUARTA

Callimaco, Ligurio.

CALLIMACO: Come io ti ho detto, Ligurio mio, io stetti di mala voglia infino alle nove ore; e, benché io avessi grande piacere, e' non mi parve buono. Ma, poi che io me le fu' dato a conoscere, e ch'io l'ebbi dato ad intendere l'amore che io le portavo, e quanto facilmente per la semplicità del marito, noi potavàno vivere felici sanza infamia alcuna, promettendole che, qualunque volta Dio facessi altro di lui, di prenderla per donna; ed avendo ella, oltre alle vere ragioni, gustato che differenzia è dalla iacitura mia a quella di Nicia, e da e baci d'uno amante giovane a quelli d'uno marito vecchio, doppo qualche sospiro, disse: — Poiché l'astuzia tua, la sciocchezza del mio marito, la semplicità di mia madre e la tristizia del mio confessoro mi hanno condutto a fare quello che mai per me medesima arei fatto, io voglio iudicare che venga da una celeste disposizione, che abbi voluto così, e non sono sufficiente a recusare quello che 'l Cielo vuole che io accetti. Però, io ti prendo per signore, patrone, guida: tu mio padre, tu mio defensore, e tu voglio che

sia ogni mio bene; e quel che 'l mio marito ha voluto per una sera, voglio ch'egli abbia sempre. Fara'ti adunque suo compare, e verrai questa mattina alla chiesa, e di quivi ne verrai a desinare con esso noi; e l'andare e lo stare starà a te, e potreno ad ogni ora e sanza sospetto convenire insieme. Io fui, udendo queste parole, per morirmi per la dolcezza. Non potetti rispondere a la minima parte di quello che io arei desiderato. Tanto che io mi truovo el piú felice e contento uomo che fussi mai nel mondo; e, se questa felicità non mi mancassi o per morte o per tempo, io sarei piú beato ch'e beati, piú santo ch'e santi.
LIGURIO: Io ho gran piacere d'ogni tuo bene, ed ètti intervenuto quello che io ti dissi appunto. Ma che facciamo noi ora?
CALLIMACO: Andiàno verso la chiesa, perché io le promissi d'essere là, dove la verrà lei, la madre ed il dottore.
LIGURIO: Io sento toccare l'uscio suo: le sono esse, che escono fuora, ed hanno el dottore drieto.
CALLIMACO: Avviànci in chiesa, e là aspettereno.

SCENA QUINTA

Messer Nicia, Lucrezia, Sostrata.

NICIA: Lucrezia, io credo che sia bene fare le cose con ti more di Dio, e non alla pazzeresca.
LUCREZIA: Che s'ha egli a fare, ora?
NICIA: Guarda come la risponde! La pare un gallo!
SOSTRATA: Non ve ne maravigliate: ella è un poco alterata.
LUCREZIA: Che volete voi dire?
NICIA: Dico che gli è bene che io vadia innanzi a parlare al frate, e dirli che ti si facci incontro in sullo uscio della chiesa, per menarti in santo, perché gli è proprio, stamani, come se tu rinascessi.
LUCREZIA: Che non andate?
NICIA: Tu se' stamani molto ardita! Ella pareva iersera mezza morta.
LUCREZIA: Egli è la grazia vostra!

SOSTRATA: Andate a trovare el frate. Ma e' non bisogna, egli è fuora di chiesa.
NICIA: Voi dite el vero.
SCENA SESTA
Fra' Timoteo, messer Nicia, Lucrezia, Callimaco, Ligurio, Sostrata.
TIMOTEO: Io vengo fuora, perché Callimaco e Ligurio m'banno detto che el dottore e le donne vengono alla chiesa. Eccole.
NICIA: *Bona dies*, padre!
TIMOTEO: Voi sete le ben venute, e buon pro vi faccia, madonna, che Dio vi dia a fare un bel figliuolo maschio!
LUCREZIA: Dio el voglia!
TIMOTEO: E' lo vorrà in ogni modo.
NICIA: Veggh'io in chiesa Ligurio e maestro Callimaco?
TIMOTEO: Messer sí.
NICIA: Accennateli.
TIMOTEO: Venite!
CALLIMACO: Dio vi salvi!
NICIA: Maestro, toccate la mano qui alla donna mia.
CALLIMACO: Volentieri.
NICIA: Lucrezia, costui è quello che sarà cagione che noi aremo uno bastone che sostenga la nostra vecchiezza.
LUCREZIA: Io l'ho molto caro, e vuolsi che sia nostro compare.
NlCIA Or benedetta sia tu! E voglio che lui e Ligurio venghino stamani a desinare con esso noi.
LUCREZIA: In ogni modo.
NICIA: E vo' dar loro la chiave della camera terrena d'in su la loggia, perché possino tornarsi quivi a loro comodità, che non hanno donne in casa, e stanno come bestie.
CALLIMACO: Io l'accetto, per usarla quando mi accaggia.
TIMOTEO: Io ho avere e danari per la limosina?
NICIA: Ben sapete come, *domine*, oggi vi si manderanno.
LIGURIO: Di Siro non è uomo che si ricordi?
NICIA: Chiegga, ciò che io ho è suo. Tu, Lucrezia, quanti grossi hai a dare al frate, per entrare in santo?

LUCREZIA: Dategliene dieci.
NICIA: Affogaggine!
TIMOTEO: E voi, madonna Sostrata, avete, secondo che mi pare, messo un tallo in sul vecchio.
SOSTRATA: Chi non sarebbe allegra?
TIMOTEO: Andianne tutti in chiesa, e quivi direno l'orazione ordinaria; dipoi, doppo l'uficio, ne andrete a desinare a vostra posta. Voi, aspettatori, non aspettate che noi usciàno piú fuora: l'uficio è lungo, io mi rimarrò in chiesa, e loro, per l'uscio del fianco, se n'andranno a casa. Valète!

Fine

Nota biografica

1469 – Niccolò Machiavelli nasce a Firenze il 3 maggio in una famiglia di commercianti di antiche tradizioni guelfe.
1498 – Ottiene l'incarico di primo segretario della Repubblica, tra le cui mansioni rientravano anche i rapporti con gli ambasciatori.
1500 – Tra le diverse missioni diplomatiche, vi è un lungo soggiorno presso la corte del re di Francia.
1501 – Sposa Marietta Corsini dalla quale avrà sei figli.
1502 – Per incarico di Pier Soderini, nuovo gonfaloniere di Firenze, incontra Cesare Borgia, dal quale rimarrà fortemente impressionato.
1503 – È a Roma durante il conclave che eleggerà Giulio II. Seguiranno negli anni successivi altri missioni in Francia, a Milano, Perugia e di nuovo a Roma.
1507 – Si reca a Bolzano per incontrare l'imperatore Massimiliano per prospettargli un'eventuale alleanza in funzione antifrancese.
1512 – Soderini viene cacciato da Firenze e viene ripristinato il potere dei Medici.
1513 – Viene imprigionato e torturato perché sospettato di aver preso parte a una congiura contro Giuliano de' Medici. Dopo essere uscito dal carcere e aver provato inutilmente a riacquistare il favore dei Medici, Machiavelli si ritira nella sua tenuta dell'Albergaccio a San Casciano. Qui inizia a scrivere i *Discorsi sulla prima Deca di Tito Livio*. Nello stesso anno scrive *Il Principe* che dedica a Giuliano e, dopo la morte di questi, a Lorenzo, figlio di Piero il Fatuo e nipote del Magnifico.

1515 – Dopo altri tentativi di riacquistare la fiducia dei Medici, si dedica all'attività letteraria e frequenta gli Orti Oricellari a Firenze, dove incontra alcuni delle principali personalità della cultura fiorentina. Compone, tra l'altro, in questi anni alcune commedie.
1518 – Compone la commedia Mandragola.
1519 – Dopo la morte di Lorenzo, ritorna a svolgere un ruolo nella vita politica fiorentina.
1521 – Compone L'arte della guerra. Viene inviato in missione a Carpi il cui governatore è Francesco Guicciardini.
1525 – Dedica le Istorie fiorentine al papa Clemente VII, figlio del fratello di Lorenzo il Magnifico, sperando di ingraziarselo.
1527 – Dopo che i Medici vengono cacciati da Firenze, Machiavelli si propone come segretario della Repubblica, ma considerato ormai compromesso col precedente governo, non viene nominato. Muore deluso lo stesso anno il 21 giugno.

Indice

OMBand Digital Editions

1. Alberto Camì, *Breve matrimonio di Benito, e morte*
2. Enrico Quarto, *Le maschere*
3. Pavel I. Smirnov, *Il mio regno non è di questo mondo*
4. Enrico Quarto, *Il sogno del prete*
5. Giovanni Messina, *Elogio del paradosso*
6. Michel de Montaigne, *Il piacere di vivere*
7. Serena Bianchi, *Cliccare Obbedire Combattere*
8. Giovanni Messina, *I nove comandamenti*
9. Giovanni Messina, *Lo scrittore Heinrich*
10. Giovanni Messina, *Diario di una guerra quasi giusta*
11. Giovanni Messina, *Storia di un ristorante italiano in Cina*
12. *L'esprit* (Le più belle massime della letteratura francese)
13. François Rabelais, *Lode al debito*
14. Voltaire, *L'abc della filosofia*
15. Enrico Quarto, *Diamanti*
16. Anatole France, *Nel giardino di Epicuro*
17. Duca de Saint-Simon, *Questa puttana mi farà morire*
18. Giovanni Messina, *Intervista alla Stupidità*
19. Giovanni Messina, *Delocalizziamo la vita*
20. Italo Svevo, *La novella del buon vecchio e della bella fanciulla*
21. Italo Svevo, *L'assassinio di via Belpoggio*
22. Octave Mirbeau, *La vacca picchiettata e altre strane storie*
23. Luigi Pirandello, *Così è (se vi pare)*
24. Luigi Pirandello, *Il berretto a sonagli*
25. Luigi Pirandello, *Il giuoco delle parti*
26. Luigi Pirandello, *Pensaci, Giacomino!*
27. Luigi Pirandello, *Liolà*
28. Carlo Goldoni, *La bottega del caffè*
29. Carlo Goldoni, *Le smanie per la villeggiatura*
30. *Le più belle poesie di Gabriele D'Annunzio*
31. Carlo Goldoni, *La Locandiera*
32. Italo Svevo, *Corto viaggio sentimentale*
33. Luigi Pirandello, *Tre atti unici*
34. Federigo Tozzi, *Con gli occhi chiusi*
35. Luigi Pirandello, *Sei personaggi in cerca d'autore*
36. Luigi Pirandello, *Uno, nessuno e centomila*
37. Luigi Pirandello, *Enrico IV*
38. Carlo Goldoni, *Il servitore di due padroni*
39. Dino Campana, *Canti Orfici*
40. Vittorio Alfieri, *Della tirannide*
41. Alessandro Manzoni, *Storia della colonna infame*
42. Luigi Pirandello, *Il fu Mattia Pascal*
43. Niccolò Machiavelli, *Mandragola*
44. Giacomo Leopardi, *Operette morali*
45. Pedro Calderón de la Barca, *La vita è sogno*
46. Italo Svevo, *Senilità*
47. Italo Svevo, *La coscienza di Zeno*
48. *Le più belle poesie d'amore di Torquato Tasso*
49. Niccolò Machiavelli, *Il Principe*

50. Giacomo Leopardi, *Pensieri*
51. Luigi Capuana, *Il marchese di Roccaverdina*
52. Grazia Deledda, *Canne al vento*
53. Dante Alighieri, *Vita nuova*
54. Giovanni Verga, *Storia di una capinera*
55. Giovanni Verga, *I Malavoglia*
56. Edmondo De Amicis, *Cuore*
57. Carlo Goldoni, *Il ventaglio*
58. Lev Tolstoj, *Sonata a Kreutzer*
59. Lev Tolstoj, *La morte di Ivan Il'ič*
60. Luigi Pirandello, *I quaderni di Serafino Gubbio operatore*
61. Giovanni Verga, *La Lupa*
62. Giovanni Verga, *Una peccatrice*
63. Emilio De Marchi, *Il cappello del prete*
64. Italo Svevo, *Una vita*
65. Federigo Tozzi, *Bestie*
66. Fëdor Dostoevskij, *Le notti bianche*
67. Edmondo De Amicis, *Amore e ginnastica*
68. Luigi Pirandello, *Questa sera si recita a soggetto*
69. Luigi Pirandello, *L'esclusa*
70. Grazia Deledda, *La madre*
71. Grazia Deledda, *Elias Portolu*
72. Arthur Schopenhauer, *Sul valore del giudizio degli altri*
73. Gabriele D'Annunzio, *Il fuoco*
74. Gabriele D'Annunzio, *Il piacere*
75. Giovanni Verga, *Eros*
76. Vittorio Alfieri, *Vita*
77. Vittorio Alfieri, *Mirra*
78. Gaetano Carlo Chelli, *L'eredità Ferramonti*
79. Matilde Serao, *Leggende napoletane*
80. Matilde Serao, *Il paese di Cuccagna*
81. Lev Tolstoj, *I racconti di Sebastopoli*
82. Federigo Tozzi, *Il podere*
83. Giovanni Verga, *Cavalleria rusticana*
84. Giovanni Verga, *Mastro-don Gesualdo*
85. Laurence Sterne, *Viaggio sentimentale*
86. Carlo Goldoni, *Il teatro comico*
87. Luigi Pirandello, *La favola del figlio cambiato*
88. Italo Svevo, *Una burla riuscita*
89. Matilde Serao, *Il ventre di Napoli*
90. Luigi Capuana, *Giacinta*
91. Ugo Foscolo, *Ultime lettere di Jacopo Ortis*
92. Søren Kierkegaard, *Diario del seduttore*
93. Giovanni Verga, *Eva*
94. Voltaire, *Candido*
95. Charles Dickens, *Canto di Natale*
96. Cesare Pavese, *Tra donne sole*
97. Cesare Pavese, *Dialoghi con Leucò*
98. Cesare Pavese, *La bella estate*
99. Cesare Pavese, *La luna e i falò*
100. Cesare Pavese, *Paesi tuoi*
101. Cesare Pavese, *La casa in collina*
102. Cesare Pavese, *Tutti i romanzi*
103. Luigi Pirandello, *I giganti della montagna*
104. Luigi Pirandello, *Il piacere dell'onestà*
105. Giovanni Verga, *Vita dei campi*

106. Arthur Schopenhauer, *La ricerca della felicità*
107. Cesare Beccaria, *Dei delitti e delle pene*
108. Iginio Ugo Tarchetti, *Fosca*
109. *Le più belle poesie di Trilussa*
110. Federigo Tozzi, *Tre croci*
111. Honoré de Balzac, *Papà Goriot*
112. Cesare Pavese, *Il carcere*
113. Giacomo Leopardi, *Canti*
114. Charles Baudelaire, *I fiori del male*
115. Aleksandr Puškin, *La dama di picche*
116. Antonio Pigafetta, *Relazione del primo viaggio intorno al mondo*
117. Grazia Deledda, *Marianna Sirca*
118. Luigi Pirandello, *Come tu mi vuoi*
119. Luigi Pirandello, *La nuova colonia*
120. Luigi Pirandello, *Lazzaro*
121. Cesare Pavese, *Il compagno*
122. Carlo Goldoni, *La vedova scaltra*
123. Carlo Goldoni, *La famiglia dell'antiquario*
124. Honoré de Balzac, *Eugénie Grandet*
125. Francesco Guicciardini, *Ricordi*
126. Cletto Arrighi, *La Scapigliatura e il 6 febbrajo*
127. Niccolò Machiavelli, *L'arte della guerra*
128. Giovanni Boccaccio, *Trattatello in laude di Dante*
129. Cesare Pavese, *La spiaggia*
130. Giovanni Della Casa, *Galateo*
131. Fëdor Dostoevskij, *Povera gente*
132. Karl Marx e Friedrich Engels, *Manifesto del Partito comunista*
133. Giovanni Verga, *Novelle rusticane*
134. Cesare Pavese, *Feria d'agosto*
135. Anonimo, *Il Novellino*
136. Salvatore Di Giacomo, *Mattinate napoletane*
137. Torquato Tasso, *Aminta*
138. Giovanni Pascoli, *Myricae*
139. Giovanni Pascoli, *Canti di Castelvecchio*
140. Erasmo da Rotterdam, *Elogio della follia*
141. Cesare Pavese, *Il diavolo sulle colline*
142. Giovanni Messina, *Abolire il suffragio universale*
143. Dino Compagni, *Cronica*
144. Vittorio Alfieri, *Saul*
145. Dante Alighieri, *Il Fiore – Detto d'Amore*
146. Benvenuto Cellini, *Vita*
147. Matilde Serao, *L'infedele*
148. Lev Tolstoj, *La confessione*
149. Luigi Pirandello, *Le più belle novelle*
150. Oscar Wilde, *Il fantasma di Canterville*
151. Ivan S. Turgenev, *Padri e figli*
152. Luigi Pirandello, *Ciascuno a suo modo*

Per i più grandi scrittori francesi, da Stendhal a Proust, le Memorie rappresentano un modello. André Gide annota che ogni parola, ogni frase di quest'opera conserva il marchio di uno spirito impetuoso, mentre Emile Zola scrive che nella sua prosa palpita la vita e la passione ha seccato l'inchiostro. I Goncourt arrivano addirittura a sostenere: "ci sono soltanto tre stili: quello della bibbia, quello dei latini e quello di Saint-Simon". A distanza di tre secoli l'opera conserva una freschezza e una vivacità sorprendenti, un racconto che trascende il contesto dei fatti della corte di Luigi XIV per calarci nelle passioni degli uomini che la animano, un testo letterario ancor prima che documento storico. I personaggi smettono di essere personaggi storici, per diventare personaggi di romanzo, colti nella loro esistenza, nel loro costante affannarsi, nelle loro ambizioni e nelle loro debolezze, nel loro desiderio di primeggiare, immersi nell'architettare intrighi e nell'ordire congiure, che si muovono tra feste e ipocrisie in quello che lui definisce "il teatro del mondo".

Un'ironica rilettura dei dieci comandamenti della religione cristiana: Avrai tutti gli dei che vuoi; Non nominare il nome di Dio, e basta!; Ricorda che santa è la festa; Perdona il padre e la madre; Non ammazzare invano; Non commettere atti impuri; Non dire falsa testimonianza?; Desidera liberamente anche la donna d'altri; Non rubare tutto.

- Il mio lavoro mi ha insegnato che la povertà è un pozzo senza fondo, impossibile da riempire – si lasciò sfuggire il direttore –. Non ci rimane altro da fare che imparare a conviverci, ad accettarla come si fa con una malattia incurabile. Ecco, la povertà mi sembra la malattia incurabile dell'umanità.
- A me, invece, non sembra molto intelligente da parte tua parlare di malattie incurabili a Cristo – lo gelò il suo ospite.

Don Benedetto è parroco in una chiesa del sud. La parola di Cristo è l'essenza del suo modo di intendere il sacerdozio, e Cristo un giorno compare nella sua chiesa.
Scritto in uno stile rapido e coinvolgente, a metà tra il romanzo umoristico e l'utopia negativa, l'autore ci propone un'originale riflessione sul sentimento religioso del nostro tempo.

Scritto nei suoi ultimi anni di vita e pubblicato postumo, il *Galateo* di Monsignor Giovanni Della Casa fu dedicato al vescovo Galeazzo Florimonte (dal cui nome latino, Galatheus, deriva il titolo). L'opera segue il modello rinascimentale del dialogo platonico, sebbene l'interlocutore non intervenga mai, limitandosi ad ascoltare. Nei trenta capitoletti che la compongono, Della Casa affronta i temi più disparati, dal modo di stare a tavola al linguaggio da usare nella conversazione, dalla bellezza femminile ai motti di spirito, attingendo alla sua lunga frequentazione delle corti rinascimentali.

Printed by Amazon Italia Logistica S.r.l.
Torrazza Piemonte (TO), Italy

42853069R00039